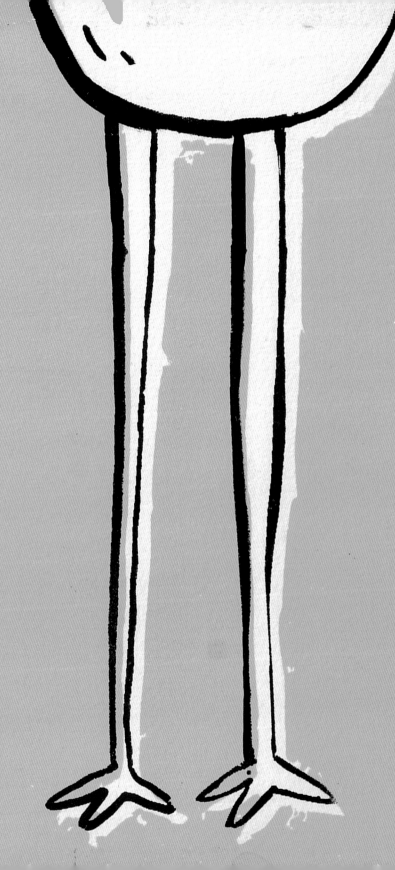

© del texto | Rachel Chaundler 2007
© de las ilustraciones | Bernardo Carvalho 2007
© de esta edición | OQO Editora 2007

Alemaña 72 | 36162 PONTEVEDRA
Tfno. 986 109 270 | Fax 986 109 356
OQO@OQO.es | www.OQO.es

Diseño | Oqomania

Primera edición | febrero 2007
ISBN | 978.84.96788.11.4
DL | PO.087.07

Para Óscar. **R.Ch.**

Rachel Chaundler

Ilustraciones de **Bernardo Carvalho**

MARILUZ AVESTRUZ

OQO EDITORA

Mariluz Avestruz
vive en la sabana africana.

Mariluz tiene una cola magnífica;
se siente muy orgullosa de ella
y se pasea todo el día
luciendo su abanico de plumas.

Por las noches,
para no aplastar las plumas,
duerme con la cabeza enterrada en la arena
y la cola al aire.

Su mamá piensa que es una presumida
y le dice:

**¡SOLO UN AVESTRUZ MUY TONTORRÓN
PASA LA NOCHE EN ESA POSICIÓN!**

Pero Mariluz no le hace caso.

Una mañana,
cuando Mariluz se despierta,
estira su largo cuello
y siente que la cabeza no se mueve.

Patalea,
dobla las rodillas,
menea la cola
y tira...
    y tira...
        y tira...,
        ¡pero su cabeza está atascada *y no sale!*

¡S**O**c**O**oor**r**o**O**o...!

-grazna, con el pico lleno de arena.

Pero Mamá Avestruz
está empollando los huevos en el nido
y no la oye.

¡SOcoo

−resopla, escupiendo la arena.

Pero Papá Avestruz duerme profundamente
porque se ha pasado la noche vigilando los huevos,
y solo se escuchan sus ronquidos.

¡SOcOoorrooo...!

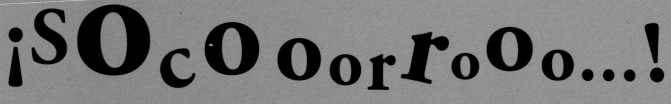

-solloza, con un nudo en la garganta.

Pero
los antílopes y las cebras
están paciendo
en el matorral
y no le prestan atención.

Mariluz patalea,
dobla las rodillas,
menea la cola
y tira...
y tira...
y tira...,
¡pero su cabeza no se mueve!

A los avestruces pequeños les hace gracia,
y Mariluz se pone colorada de vergüenza.

Entonces vuelve Mamá Avestruz del nido.
Al verla, se lleva un susto
y agarra la cola de Mariluz con el pico.

– **¡Aaay…!** -protesta Mariluz.

Mamá patalea,
dobla las rodillas,
menea la cola y tira...

y tira...

y tira...,

¡pero la cabeza de Mariluz

no se mueve!

El alboroto despierta a Papá Avestruz.
– **¡Cielos!** -exclama soñoliento,
y prende la cola de Mamá Avestruz.

– **¡Cuidado!** -dice Mamá Avestruz.

Papá y mamá patalean,
doblan las rodillas,
menean la cola
y tiran...
    y tiran...
        y tiran...,
        ¡pero la cabeza de Mariluz no se mueve!

Un antílope se acerca dando saltos
y sujeta la cola de Papá Avestruz.
– ¡Ojo con los cuernos!
-refunfuña Papá Avestruz.

El antílope, papá y mamá patalean,
doblan las rodillas,
menean la cola
y tiran...
    y tiran...
        y tiran...,
        ¡pero la cabeza de Mariluz no se mueve!

Una cebra llega trotando
y engancha el rabo del antílope
entre sus dientes.
   – **¡Eso duele!** -grita el antílope.

La cebra, el antílope, papá y mamá patalean,
doblan las rodillas,
menean la cola
y tiran...
y tiran...
y tiran...,
¡pero la cabeza de Mariluz no se mueve!

De pronto...   ¡POP!

La cabeza de Mariluz
sale de la arena.

Mariluz se frota los ojos.
Mamá le sonríe, pero...

¡tiene el pico lleno de plumas!

Mariluz está tan contenta
de ver otra vez la luz del día
que ya no le importa la cola.

Le da un beso grande a mamá
y corre a jugar con sus amigos.

Aquella noche,
Mariluz no entierra la cabeza en la arena.

Se acurruca como los otros avestruces…

y duerme con la cabeza
en la almohada de plumas
más fina de toda la sabana.